청어詩人選 254

여명의 종소리

김용주 제 3 시집

도서출판 청어

여명의 종소리

서시

시집을 열며

내가 꽃이라면
일 년에 한 번 피는 꽃이 좋을까?
샐비어 베고니아 접시꽃 맨드라미 장미…

일백년에 한 번 피는 꽃
수년을 두고 가끔씩 피는 꽃이 좋을까?
선인장 토란꽃 고구마꽃 대나무꽃

사람마다의 꿈이 그런 거라면
참 애틋하기도 해라!
너무도 아름다운 꿈이다!

나에게는 언제 어떤 꽃이 피어날까
무궁화처럼 꽃이 피어서 무엇을 남기며 살까

그 떨어진 꽃씨에서 일 년 후, 몇 년이 지난 다음
아니, 지금부터 꼭 일백 년 후에
너는 다시 피어나
뭇 사람들의 눈과 마음을 행복하게 하여라.

내가 아름다운 새라면
천사가 되어 날아보고 싶다.
여기 온갖 꽃들 피어 흐드러진 언덕 위에 와
기쁜 노래 부르고 싶다.

오랜 시간이 지나고
나에게 은하가 바뀌기도 한다.

나는 알게 되리라.
생애는 항상 제 자리에 머물러 있지 않음을…

2020 여름
榮館 김용주

차례

1부 당신이 있음에

2부 여명의 종소리

3부 반가운 소식

4부 너에게 묻노니

5부 만남을 위하여

1부

당신이 있음에

진짜 웃지 못 할 일이어서 웃고
웃기 싫어도 웃고
웃다 보면 울기도 하고
울다가 웃기도 하는 것이 인생이다

당신이 있음에

당신의 가르침이 있기에
나는 시를 씁니다.

당신의 음성을 들려주시기에
나는 노래할 수 있어요.

당신의 얼굴도 눈빛도 볼 수 없지만
바로 내 곁에 있는 당신!
어느 곳에나
이 세상 어디를 가더라도
항상 당신이 있어요.

비 오는 날에도 눈 내리는 날에도
바람 부는 낮에도
천둥 우는 밤에도
무지개 뜨는 아침에도
당신은 나를 떠나지 않고 곁에 있죠.

나는 언제나
당신과 함께 있어요.

길 위의 소년

아무도 가지 않는 길을
신천지의 길을 가고 싶은
그 소년은 들고양이 같은
길짐승이 되어 마을을 떠난다.

나이 들어
이제 생각을 다시 해보고
소년도 남들이 다 가는 길
모든 이가 알 수 있는 길
그런 좋은 길, 큰 길을 가고 싶어진
또 한사람의 나그네가 되어 돌아온다.

그런 연후에 되돌아보니
소년은 지금까지 홀로
길도 아닌 길이 아닌
소년만의 비밀한 길을 헤쳐 나왔다는
외톨이의 인생 이야기.

소년은 아직까지도
남는 것도 남길 것도
아무것도 없는 빈 길의 끝을 헤매고 있음을 알고
조용히 하늘 향해 구름 같은 웃음을 날려 보낸다.

그 종착역인가
여기 간이 휴게소 같은 목적지.

입춘에

오늘이 입춘인데,
어찌 날씨가 이렇게 추운가?
속으로는 훤히 알고 있으면서
괜히 얼버무리듯 나에게 되묻는다.

입춘에 장독 깨진다는 말이 있잖소?

이봐요. 그런 게 아니고
엊그제까지 대한 추위가 그렇게 길었는데
그 영향이 아니겠소?

아무리 생각해도
정말, 이문제야 말로 정답이 없는 것 같다.

내일 모레면 우수 경칩인데
봄이 거꾸로 오는 것 아니오?
잘만 돌아가던 보일러실 자동모터가 얼어 터진다.

아니야! 이월 구일이
팔팔서울올림픽 이후 삼십년 만에 다시 열리는
세계 스포츠인의 축제
평창동계올림픽 개막일.
춥고 눈 많이 와야
축복 받고 성공하는 코리아 겨울 체전!

금년 겨울은
올림픽 추위라서인지
기세가 이만 저만이 아니구먼!

설날 일기

어제는 작은 설날
오늘은 설 대 명절
내일은 내일이다.

오늘은 설날
평창동계올림픽 게임
윤성빈 선수가 스켈레톤 경기에서
금메달을 따낸 날.

민족의 설, 오늘은
나에게 무슨 날인가?
아침 일찍 떡국 제사 지내고,
따끈한 시 한 편 건지는 날.

달 집 태우기

두둥실 대보름달이 뜬다.
강폭이 넓은 장계 천변에 지어놓은
달 집에 불이 붙는다.
커다란 불길이 달을 향해 치솟는다.

대낮 같은 하늘을
터진 폭죽이 수놓는 밤
장터 시내 여기 저기
그림 같은 연등이 날아오른다.

와아! 와아!
구경 나온 주민들과 아이들이
각자의 소망과 안녕을 함성에 담아 터뜨린다.

장터 광장 달빛 아래
오곡밥과 돼지국밥 한 그릇씩 받아 든
사람들이 언 가슴을 녹이며
일 년 동안 쌓인 정담을 나눈다.

정월 대보름이다.
올해는 슈퍼 문 같은 달이 뜬다.

연서

이보시게!
내가 오늘 하는 말 꼭 기억 하시게.
정작 이 나이가 되면
어제와 오늘이 다르고
하루가 멀다 하고 인생의 의미가 변하고
사랑하는 사람의 눈빛도 달리 보인다네.

이 나이가 되면
나도 대통령은 못되더라도
기필코 그런 사람이 되리라
입술 깨물며 맹세하고 다짐했지만
지금 이런 내가 되어 있을 줄은
나도 몰랐다네.

이보시게!
정말 명심하시게.
누구라도 이 나이가 되면
크게 성공하여, 아니 성공은 못하더라도
나는 그런 사람이 되리라!
기도하고, 부처님의 공덕을 기렸지만.

이 나이가 되어
꿈에서도
그래, 하늘이 무너지는 일이 있어도
내가 이렇게 되어 있을 줄은
아무도 몰랐다네.
꼭 알아 두시게.

찬연한 이 원단에

1.
그대와 나
한 동아리 어부 되어
서로 긴 벼리 끝 맞잡은
바다 그물질하네.

이천 칠년 정해년 십이월의 끝과
이천 팔년 무자년 일월의 새벽을 가르는
경계망을 움키어 허리춤에 매고
줄다리기 하며 사랑을 잡아 올리네.

저 새로 태어나 온 하늘 바다 헤엄쳐 다니는
고래 낚고 해도 낚고 달도 낚네.

2.
이제 겨우 신고식을 마친
이십일 세기의 새 희망을, 복을 건져 올리네.
무엇이든지 한 배 채워 싣고
개선의 큰 나팔소리 울릴 꿈 키우네.
조상님 차례 상에 제 올릴 향 피우네.

3.

천주님께 미사 올리네.
이 겨울엔 차가울수록 더욱 세계가 따뜻해지는
로고스의 법을 배우네.
억 만 광년 온 우주를 떠도는 혜성들도
지구를 빙빙 배회하는 기적의 울림도
은은한 뱃고동 소리도
이 원단의 앞 바다에 와
잠시 두루마기 깃을 말아 올리고 휴식하게 하소서.

4.

축배의 술잔은 달기만 하네.
떡 맛도 무궁화 향기가 배어 짙기만 하네.
압록에서 제주까지 음악 소리 드높아 가네.
축가를 높이 울리네.
오라! 무자년 이천 팔년 아침이여!

나침 자오선

1.
그대의 속성은 북쪽을 가리키는 것이다.
나는 항상 정반의 남쪽을 향해
키대를 잡는다.

그대가 지시하는 것,
북쪽 하늘에 박힌 보석 하나가
북극성에 고정되어 있다.
그러나 그대의 중심별은 머리 위에 돌고
저녁 무렵 나의 눈은 언제나
남극성을 바라본다.

이는 자석의 원리가
이 세계에서
가장 아이러니컬한 진실 중의 하나라는 것이다.

2.

N극은 북향이요
이른바 S극은 남향이다.
말굽자석에서 동쪽이 반대의 W극이 되고
서쪽이 E극이 될 수 있는가?

N극은 같은 N질의 속성끼리 적이 되어 밀어내고
등 돌린 S극과 N극은 서로 밀착하여
완전히 함께 한 몸이 되는 사랑의 기질
언제라도 남자 여자는 한 몸 한 뜻을 이루고
남자와 남자는 서로 남이 되는 인생사라니.

오늘은
나는 새롭게 나침반을 읽는다.
정 방향 구십 도에 자침을 맞춘다.
동방과 서방이 좌우로 고개를 흔든다.

여름날

언제 여름이 왔나 했더니
어느 결에 저 만큼 가고 있다.
땡볕 속에 오다 그치는
여우비처럼 그대가 가고 있다.

멀리 구부러진 산모롱이 위에
벗은 다리를 기댄 무지개처럼
그대의 꿈이 떴다가는 사라진다.

아침 울안에 피었다
저녁에 시드는 나팔꽃 속에 숨어
그대가 울고 있다.
그리고 여기
아름다웠다는 노래 한 구절이 남는다.
올해 여름은
참 행복하였다는 그리움이
가슴으로 젖어 온다.

뭉게구름 웃음

홀로 묵상을 하다가
얼핏 하늘을 쳐다보았는데
흰 구름 한 덩이
얼굴 가득 너털웃음 짓고 있네.

태양은 여전히
불꽃 폭염을 내뿜고
마을 앞 오랜 저수지에 감도는 윤슬은 잔잔하고
날아가던 철새는 머리 위를 맴돈다.

나도 크게 한번
너털웃음을 터뜨려 본다.
그 시절 그 때 그 생각으로…

오늘은 오늘이오.
나는 나이오.

한 낮의 여름 하늘을 떠가는
뭉게구름 한 무더기
너털웃음 짓고 피어나네.

첫 눈

머지않아 겨울이 오면
하얀 털모자를 씌워 달라고 했지
고운 맨발이 시리다며
포근하게 털신을 신고 싶다고 했지.

정말 긴 겨울이 오면
뜰 앞 저만치
눈사람을 한 쌍 만들곤 했지.
아무리 추워도 언 밤을 껴안고
둘이만의 집을 지키자고 했지.

첫눈이 오면
그날 가던 길 돌아와
난롯불 지펴 찻잔 끓이며
피어 날리는 눈꽃처럼 수많은 이야기 나누었지.

방울 소리 1

딸랑 딸랑 딸랑…
방울아! 크게 울어라.
그게 무슨 소리인지
누가 흔드는 방울인지
알 수 없다고 해도.

딸랑 딸랑 딸랑…
방울아! 크게 울려라.
그게 무슨 뜻인지
왜 우는지
아무도 모르지만.

딸랑 딸랑 딸랑…
방울아! 오늘도 울고 내일도 울어라.
언제 울릴지
어느 방울이 우는지
알고 싶지만…

방울 소리 2

들창 유리문 위에
아침 해가 웃고 있는데
너는 오지 않는다.
딸랑 딸랑
방울 소리만 들린다.

빈방 시계 벽 위에
별빛이 반짝이는데
아직 너는 오지 않는다.
딸랑 딸랑
방울 소리만 울린다.

어디쯤에 그대가 오고 있는지
천길 어둠 속에서도
번지는 태양 빛 속에서도
방울 소리는 울린다.
딸랑 딸랑

눈 내리는 꿈

한밤중에 잠을 자는 데
자꾸 잠이 깨이오.

눈 오는 밤
잠을 자 며는 자꾸 깨이오.

큰 눈 오는 밤
자꾸 잠이 깨이오.
자다 깨고 자려다 깨고
잠이 깨이오.

새벽 두시 지나
잠을 자는데 자꾸 깨이오.

꿈도 꾸지 않고
자꾸 잠이 깨이오.

그러다가 종잇장 넘기 듯
날이 밝았소.

웃음

일소일소(一笑逸少) 일노일로(一怒一老)요,
소문 만복래(笑門萬福來)라!
웃으면 복 받고 젊게 산다.

말이 그렇고 뜻이 그러하다.
인생이란 사실 말이지
울고 왔다가 울고 가는 길.
살다 보면 진심으로
웃어 보기가 쉽지만은 않다.

진짜 웃지 못 할 일이어서 웃고
웃기 싫어도 웃고
웃다 보면 울기도 하고
울다가 웃기도 하는 것이 인생이다.

그러다 보면 복이 들어오고
건강도 들어오고
삶의 나이도 쌓여가는 것이다.

2부

여명의 종소리

어느 길이든,
첫차를 타거나
막차를 타거나
길은 한 줄기로 통한다

여명의 종소리

황금 종이 울린다.
당신의 내일에 대하여 알려주는 듯
아침을 열며 울고 있는 종소리.
땡그랑 땡그랑…

은 종소리 울린다.
시간이 흐르고 내일이 와도
언제나 종소리는 한 마음으로 운다.
징글 벨 징글 벨…

황금 종이 울린다.
오늘이 가면 무슨 일이 있을지
낯모르는 그 누가 올지
정말 알고 있다고 전해 주어요.
땡그랑 땡그랑…

잘 보면 가슴 속을 알 것 같은 종
누가 가르쳐 주지 않아도
훤히 보일 것 같은 종
금방 온 몸이 날아가는 듯해요.

큰 종소리가 울린다.
금종이 울면 금빛 울림 징글 벨…
은종이 울면 은빛 울림 땡그랑…

황금 종소리가 들린다.
당신이 보인다.
당신의 활짝 핀 웃음이 피어난다.
모아 쥔 두 손 기도하는 모습이 보인다.
금빛 종소리를 듣노라면
그 맑은 울림 속에 이 세상이 있다.

건강

밥 잘 먹고
적당한 운동하면 건강하다.
우리의 일반 상식이죠.
건강 비법은 따로 있어요.
목욕 자주 하시고
영양 간식 즐기면 건강합니다.

약 잘 먹고,
의사님, 간호사 조언 잘 들어야 하죠.

"좋은 말씀이지만,
돈이 많아야 건강할 수 있어요."

제 생각으로는
책 많이 읽고
좋은 글 쓰면 건강할 수 있죠.

그래요.
뭐니 뭐니 해도
건강이 최고죠.

그 뿐인가요?
하느님 잘 믿고,
기도 많이 하면 건강합니다.

사람

김 시인은 사람이다
이 작가도 사람이다
박 화백도 사람이다.

요한 바오로 2세는 사람
엘리자베스 여왕도 사람
대통령도 사람
히로히토 천왕도 사람이다.

소크라테스는 사람
예수 크리스트도 사람
공자님도 사람
석가모니도 사람이었다.

부자도 사람
가난한 자도 사람
거지도 사람
도둑도 사람이라

사람의 아들도 사람
사람의 아버지도 사람
사람의 딸도 사람
어머니도 사람이라는 것이다.

이런 말도 있다.
사람의 아버지는 사람이 아닐 수도 있다는 말
사람의 아들도 사람이 아닐 수 있다는 말.

꽃에게 장미에게

한 송이 아름다운 꽃이여!
붉은 장미여!

그대에게 눈이 있다면
나를 보다오.
나의 모습과 얼굴빛을 보다오.

그대에게 귀가 있다면
내 말을 들어다오.
"안녕"이라는 아침 인사를 할 때,
또 저녁 인사를 할 때.

그대에게도 후각이 있다면
나에게서 향기를 맡아다오.
나에게는 어떤 멋진 냄새와 느낌이 있는지?

아름다운 꽃이여!
한 송이 장미여!

나에게는
무슨 빛깔이 있는지?
언제까지 여기에 머물지
말해 보다오.

기도

당신이시여!
언제까지라도, 영원히
그대의 이름을 부를 수 있게 하여 주소서!
천번 만번 부르는
그 이름이 헛되지 않게 하소서!

외면하지 않으시며,
응답하여 주소서!
누구라도 결코 혼자가 아니라는 것을
어느 곳에서라도 항상 당신과 함께 있음을 알게 하여 주소서!
그 위대함을 보여 주소서!

나만의 길
어디까지라도 걸어갈 수 있는
먼 길을 밝혀주소서.
비춰주소서.

아바타

그대는 별의 나그네.
돌아갈 곳도 없는
기다리지도 않는
시간 속에 갇혀
영원을 지키는 천사의 날개.

그대는 언제라도 웃는다
웃기지 않아도 웃음 짓는다.

그대는 눈물이 없다.
슬퍼도 웃어도 넓은 볼에
눈물이 흐르지 않는다.

그대 사랑할 수 있는 날은 언제인가
꿈은 어느 하늘에 피어 있는가.

타임머신 기행

이런 이야기를 많이 하죠. 이 시대에는
나도 진짜 시공을 초월한 타임머신을 타고
구조 오천억년 전이나 그 후의 우주 나라로
시간 여행을 한번 다녀오고 싶다는 말이죠.

우선 그곳은 전쟁의 참화가 없는
천국 같은 평화의 세계일뿐이며
사람이 태어나면 늙음도 병 앓음도 없는
생명으로 넘치는 세상일 것이며…
먹고 입고 쓸 돈이 무한정 쏟아져 나오는
흥부전 속의 박 덩이 같은 금고와 은행을 가질 수 있고
온갖 금은보화는 물론
재미있는 책과 CD영상으로 가득한
동화의 나라라는 말씀이죠.

사실, 현대인이 로켓을 타고 우주여행을 하는 것은
개미군집이 이사하는 일과 같습니다.
일밀리미터 길이의 발과 다리로
냇물을 건너고 바위틈을 돌아

어디론지 부산하게 떠나보는 개미 행렬은
오늘 날 우주 로켓을 날려
저 망망한 미지의 세계 속으로
토성으로 명왕성으로
정처 없이 우주 탐험을 떠나는
이십 일 세기의 인간 군상과 다를 바 없지요.

인간도 개미처럼 땅 위를 기어 다니다가
어느 꽃 피는 봄 날
하늘 구경을 하러 날개를 펴고
벌떼가 역사하여 날아다니는 것과
아주 흡사합니다. 벌이 아무리
멀리 날아 봐야 일생에
지구를 몇 바퀴 돌아오겠어요.
개미도 막상 세계 일주를 하려면
그들의 꿈만큼이나 큰 계획을 세우고
일해야 할 거예요.

빛의 속도로
오히려 광속보다 더 빠른 속력으로
영겁의 시간을 날아 비행의 끝에 닿을 수 있는
타임머신의 나라가 있다면
우리 한번 가보고 싶지 않나요?
뭐, 그렇다는 말씀이죠.

꿈속의 노래

꿀잠에 빠져 자다가도
살며시 깨어나 보면
시를 외우고 있는 적이 있어요.

무슨 노래냐고요?
넓은 잔디 공원, 아니 초원이랄까
바닷가 명사십리
꾀꼬리 갈매기 메아리
기적이 소리치고, 뭐라 뭐라고…
이런 시들입니다.

한두 번이 아니지요.
아주 가끔씩 그래요.

꿈을 꾸다가
내가 노래를 부르고 있는 걸 보고
놀라 깨어 보니,
정말 내가 생시에 시를 외우고 있는 거예요,

사랑하는 그대여!
어쩌고저쩌고…

대화 2

어느 날
아방궁을 지나다가 혹이나 싶어
번쩍이는 궁문을 열고 들어서니
저기 깊숙하게 용상(龍床) 앞에
진시 왕과 서복이 마주 앉아
이런 이야기를 나누고 있었다.

“그래 서복이!
그대가 불로초를 구하여 왔다고 그러는가?”

“그렇사옵니다. 황제 폐하!”

“음, 그것을 저 반도 나라
제주도 서귀포를 찾아가 캤다고 하는가?”

“예, 황공하옵니다. 폐하!”
아아, 서복이!
그래, 그것이 어떤 약초인가?
어서 이리 내놔 보시게.”

진시 왕은 반갑기도 하고 궁금한 바도 커서
용좌(龍座)를 털고 일어서며 소리쳤다.

그러자 서복이 아예 대청마루에
바싹 엎드리다시피 머리를 조아렸다.

“황제 폐하! 황공하옵니다.
그런데 소인이 구하여 온 것은
불로초가 아니라 불사약(不死藥)이옵니다.”

“음!” 하고
진시 왕께서 헛기침을 크게 하며 이른다.
“어어, 이 사람아!
늙지 않으면 죽지도 않을 것 아닌가?
그게 그거지 뭘 그러는가?”

대화 3

자, 바야흐로 이십 일 세기는
로봇이 인간을 대역하는 시대라!
그렇다면 로봇이
인간의 건강이나 생명을 어디까지 책임질 수 있을지?

어느 깊숙한 태산 골짜기
바위 절벽 아래서
한 도사님과 촌로가
정담을 나누고 있는 중이었다.

"불로초라면 산삼이요,
불사약이라면 녹용(鹿茸)이 아니옵니까?"

"어어, 자네 아직도 철이 안 들었구먼.
그건 옛날 말일세."

"아니, 옛말이라뇨?
이렇게 도사님이 제 앞에 계시는데…!"

"글쎄, 자네가 참견할 일이 아니라네."

윤회

서쪽에서 오는 사람은
동방에 사는 사람이고.
동쪽에서 오는 남자는
서방에 사는 사람이다.

남방에서 오는 여자는
북쪽에 있는 사람이고.
북방에서 오는 남자는
남쪽에 사는 사람이다.

큰 지구의를 온전히
한 바퀴 돌려보라.
한 방향으로만 돌리지 말며
역회전하여 돌려보라.

반 회전을 해보고
일회전을 시켜보라.

중심축에 서 있는 사람은
아무 곳에도 기울지 않으며
한 자리에 붓 박혀 사는 사람이다.

내 사랑의 정의

아무런 말도 않으려오.
설혹 그대가 죽을 만큼 무거운 죄를 짊어지고
내 앞으로 다가와
또 용서를 바라지 않을지라도…

아무런 탓도 아니 하려오.
그대로 하여
그대보다 더 큰 괴로움을
또 내가 짊어지게 되더라도.
사랑한다는 것은 용서보다 클 지어니
사랑은 어떤 죄도 감싸 안을 것이며
거역도 씻을 수없는 원한도 물리치려니…

나 오직 사랑하고, 또 사랑하기만을 따르려오.
진실 하나로
영영 잊었던 사랑,
잃어버린 사랑을 다시 찾으려니…
죽은 사랑이 다시 깨어나리니…

그 어떤 말도 아니 하려오

그대에게 사랑한다는 말은 더욱 않으려 하오.

사랑은 아무 소리나 빛이 없어

멀리, 까맣게 어둠으로 피어서도

저 하늘의 해와 별처럼

항상 우리들을 지켜 주리니…

만추(晩秋)

가을 숲길을 걸으며
나뭇잎 하나를 밟으면
열 개의 마른 잎이 부서지는 소리가 난다.
구르는 단풍잎 세 개를 밟으면
백 개의 갈잎들이 우짖는 소리를 낸다.

낙엽 지는
시월의 숲 속을 이리 저리 뛰어다니면
산이 하나 온통 무너지는 듯한 골짜기에
마른 파도소리가 넘친다.

뜨거웠던 그리움과
성성한 푸른 피를 안고
무서리 어는 이 시월에
솔바람 타고 날아가는 기러기 떼

나뭇잎처럼 시간이 쌓이며 피아노 치는 소리
적막강산이 모두 떠나가는 소리.

가을의 전화

가을이 오면
전화를 하겠어요.
그대여
나의 전화를 받아 주세요.

기러기 나르는 날
외로운 남자는 아름다워요.

가을이 되면
꼭 전화를 걸겠어요.
그대라도
나의 전화를 받아 주세요.

기러기 떼 우는 날
홀로 있는 남자가 왠지 멋져요.

가을에는
전화를 하겠어요.
누구라도 그대가 되어 받아 주세요.

귀뚜라미 우는 밤
흐르는 별빛이 아름다워요.

몽돌의 역사

그대 나이가 얼마인데
나를 보면 예쁘다고 말하는가.

그대 얼굴이 누구인데
나에게 곱다 하며
어루만지는가.

이 강산 바닷가 어느 곳엘 가더라도
나를 만날 수는 있지만
수수만년의 물결과 파도의
시간을 구르고 씻기어
오늘에 이르니 푸른 수경에 비치는
그대 마음 참 갸륵하구나.

억조의 해가 뜨고 지고
세월이 흘러서

그대 다시 나를 찾는다면
오늘 이 순간을 기억이나 할 수 있을지…

그대는
이 작은 곱돌 하나하나 안에
저 오랜 사막 위의 피라미드 스핑크스 보다
깊고 신비한 역사를 지녔음을 아시는가.

생활

어느 길이든,
첫차를 타거나
막차를 타거나
길은 한 줄기로 통한다.

일찍 서둘거나
천천히 출발해도
모두 인생의 목적지에 도착하기는 같다.

빨리 도달하였다고 안도하거나 우쭐대지 않을 것이며
늦었다고 초조해 하거나 낙심하지 말 일이다.

누구나 인간이면 원하는 바가 있으며
언제라도 그 꿈의 세계에 이르기를 바란다.

그것이 인간이다.
그것이 인생이다.

3부

반가운 소식

속절없이 흘러가는 물이라지만,
나는 인생이 강이었으면 좋겠어.
그저 고요히 흐르고 흐르게…

둥근 것에 관하여

(1)

구슬이 깨어지면 무지개가 비친다.
사탕 알은 녹이면 달콤한 맛을 낸다.

호두알 깨물면
아주 고소한 미감을 준다.
방울을 흔들면
동그란 소리를 퍼뜨리며 운다.
"딸랑 딸랑…
나 여기 있어요."

방울 소리를 닮아 귀가 둥글다.

(2)

지구는 둥글다.
코페르니쿠스가 지구보다
마음이 둥글다는 걸 알았으면
생각하는 존재
데카르트가 되지 않았을까.

(3)

해가 먼저냐
동그라미가 먼저냐
원시인도 아득한 옛날 옛적
돌고 도는 해를 그리다가
동그라미를 발견한다.
아니야, 동그라미를 그리다가
해가 둥글다는 것을 알았지!

그리하여, 사람의 머리도 둥글게 된 것이지!

너에게 묻자.
네모 난 "나는 뭐야?"

반가운 소식

기다리는 편지처럼 너는 온다.
아침에 집을 나서면서
편지함을 한번 들여다보고,
해 지는 저녁
홀로 귀가하면서
편지함부터 슬쩍 들여다본다.

기다리는 편지처럼 너는 오지 않는다.
일주일이 가고
한 달이 지나도
붉은 편지함은 비어 있다.

기다릴수록 더욱 오지 않는 편지.
너는 기다리는 편지처럼 온다.

동산을 바라보며

A사람–

한 달 전에도 저 산 위에서 해가 뜨고
열흘 전에도 해가 뜨고
어제 아침에도 둥근 해가 떠올랐는데,
오늘은 왜 해가 안 뜨지?
그 참, 이상도 하네!

B사람–

야, 이 사람아!
자네 제 정신인가?
어제 뜬 해가 오늘 아침엔 안 뜨다니?
그럴 리가 있나?

왜 그럴까요?

아직 날이 밝지 않은 캄캄 새벽이었다.

왕의 족보

예닐곱 어렸을 적
나는 저 먼 왕조의 잊혀 진 후손인 줄 알았지.
심장에서부터 머리끝 발끝 핏줄마다
순도를 잴 수 없는 피의 힘
피의 온도를 느끼며 살았지.

자라서 보니, 사실 아무 일도 아니었어.
아버지는 누대를 이어 온
충청도의 한 이름 없는 유학자의 아들이고,
어머니 역시 어느 시골 부자
동양 철학가의 귀여운 아씨였지.

나는 이런 이야기도
아흔 장수하신 이웃 모친에게
친정집 내력을 알려 주시는 회고담에 전해 듣고,
가까운 대(代) 할아버지 한 분이
꽤 유명하신 삼장법사 같은 인물이었다고 일러주셨지.

"그런 줄 알아라.
그렇게만 알고 살면 되느니라."
부친도 모친도 묵묵부답 끝에 가르쳐 준 인생!
나도 이렇게까지 글을 읽으려고 한 짓이 아니었는데,
이렇게까지 글을 쓰려고 한 것이 아니었는데,
어느 결에 지금의 이런 내가 되고 말았지.

그래도 언제나
나는 왕이고 왕자고 귀공주의 오빠였지…

산정(山頂)을 그리며

조금 더 먼 세상을 바라보기 위하여
지평선 너머 넓은 세계를 보기 위하여
하늘과 가까워지기 위해
그대는 무심코
산정을 자주 올랐었다.

공부하고
운동 즐기며
글쓰기 바쁜 시절

누가 가르쳐 주지도 않는데
시키지도 않는데
함께 가자는 친구도 없는데,
그대는 혼자
그 산정을 오르곤 했다.

산정 위에 올라서면
그곳에는 아무도 없고
바위 옆에 흔들거리는 나무들과
저만큼 날아가는 산새들이
그대를 맞아 준다.

높다랗게 해 그림자 지는 머리 위로
푸른 하늘을 엷게 비추며
흰 구름이 떠다니곤 했다.

언제부터인지, 왠지 그대는
산정을 오르지 않는다.

이제 그대는
그 산정 위에 서지 않아도
더 먼 세상을
더 넓은 세계를 볼 수 있다.

그래도 오늘
산정 위에 오른다면, 정말
그대가 꿈꾸는 세계
그대가 그리는 미래가
눈앞에 펼쳐지고 있을 텐데…

인생

속절없이 흘러가는 물이라지만,
나는 인생이 강이었으면 좋겠어.
그저 고요히 흐르고 흐르게…

화살처럼 빠르게 지나간다지만,
나는 청춘이 날아가면 좋겠어.
인생이 그렇게 빠른 것이라면
좀 더 긴 시간이 지나가지 않을까요?

한순간의 꿈이라지만,
나는 인생이 꿈이었으면 좋겠어.
꿈보다 아름다운 것이 인생이라면
정말 좋지 않겠어요?

올해 가을

칠년대한이라더니
구월 시월 두 달을 내내 조약돌을 볶는다.

무성하기만 한 잎파랑이 속으로
청천벽력 같은 추상(秋霜)이 내려앉는 날,
오늘은 무슨 일인지 상강(霜降)에
비가 연일 장마 지듯 쏟아져 내린다.

정말 오늘은 무슨 날인지
원님 오시는 길인지
영감님 오시는 길인지
장마 지듯 비가 내린다.

허수아비의 노래

가족들은 모두 어디에 갔나요?
손자 손녀들은 학교에 갔나요?
소풍 갔나요?

하루 종일 가을 들녘을 지키는
늙은 아비 홀로 서서
후여! 후우여!
황금 들판에 벼 풍년
곡식 풍년.
허수아비 가족 신이 났어요.

워이 후우여! 워이 후우여!
이리저리 참새 떼는 숨바꼭질하며
날아다닙니다.
참새들을 쫓는지, 오라고 부르는지
알 수 없는 할아버지 손짓.

땡 땡 땡땡…
마을 건너편 빈 원두막에서는
농악 놀이 하 듯 정겨운 꽹과리 소리.

밤나무 아래서

툭 툭 툭
알밤 떨어지는 소리를 듣는다.
공중 가지 끝에서 뒤따라 내려 온
빈 밤송이를 굴리며
밤알을 줍는 시간에도
여기저기에서 툭 투둑…
알밤들이 줄을 이어 떨어지는 소리.

밤나무 아래로 슬금슬금
소년 토끼처럼 기어들어가
한 알 주워드는 순간에도
구부린 허리춤 옆에
붉은 알밤이 떨어져 구르는 소리
데굴데굴 떼구르르…

선들선들 바람결에 피어나는 입김
가을 한낮 알밤이 쏟아져 내리며 나누는
세월 가는 소리를 듣는다.

옛말에

평소에도 이 말만은
참 많이 듣고 얘기했어요.
"옛말 하나 틀린 것 없다"고.

그렇지 않아요?
우리나라 속담 명언
어디 틀린 말 하나 있나요?

"옛날 어른들 말 잘 새겨들어야 한다."
귀에 딱지가 앉도록 들었던 이야기.
부모님 이웃 어른들 말씀!

그렇잖아도
나도 그 말만은 인정하고,
아예 가슴에 기억 칩 하나 내장하고 살았죠.

그런데 말이죠, 그것이
평안하기만 한 우리 일상에
공격자가 되어 나타났어요.

무술년 일월 중순에
맹추위가 밀려왔다는 말이죠.
보름 가까운 기습 한파!

이 나라 속담에
"대한 지나면 얼어 죽을 내 자식 없다"고 했는데
그만 한파가 열파로 변신을 하고
우리 곁을 찾아 왔다는 이야기죠.

아예 그 열파에
목숨을 불길 속에 바친 사람이 한둘이 아니에요.
정말 이럴 수가 있나요?

까치밥

어느 외로운 사람이
남겨 놓은 꿈인가
일 년 내내 널 지켜주던
나뭇잎 친구들도 모두 떠난
빈 가지 끝에 홀로.

장미도 동백도
타오르는 눈빛 감추고
어디론가 사라지는
서리 오는 아침에
시린 볼 붉게 단장하고
누굴 기다리는가.

널 보러 왔다가
차마 떠나지 못하고
곁에 앉아 먼 하늘 바라보며
카츠르 카츠 우짖는 울음 따라
누굴 데려가고 싶으냐.

초롱꽃

푸른 산 속에
맑은 숲 속에

망울망울
예쁜 꽃가지.

아담한 꽃밭에
봄바람이 만든 꽃밭에

탐스런
꽃망울들.

부끄러워 꽃망울 속에
숨어 있던 꽃씨 아가씨
얼굴 몰래 내밀었어요.

연애 정답(프러포즈)

한 순정남과 웃음 팔이 여인이
심각한 이야기를 나누고 있는 중이다.

"무슨 남자가 그렇게
혼자 살기를 좋아하세요?"
"나는 인간관계가
너무 복잡하게 얽히는 것을
별로 좋아하지 않거든."

"아, 그럼
누구는 세상을 복잡하게 사는 줄 아세요?
이 여자도 언제나 혼자랍니다."

"내가 보기엔
남자관계가 꽤 어지러울 것 같은데?"
"무슨 말씀이세요?
오빠도 지금
나하고 여자관계를 맺고 있잖아요?"

"아 아냐!
그런 뜻은 아니고,
나는 인생을 편하게 살고 싶어.
많은 사람을 상대하다 보면
아무래도 그 관계가 좀 복잡해지지 않겠어?"

"그럼, 이러면 되겠네요. 오빠
평생 혼자 살면 좋지 않겠어요?"

사랑

당신이
나에게 말을 하라면
사랑이라고 이야기하고 싶어요.

당신이
나에게 글자를 쓰라면
사랑이라는 두 글자를 쓰겠어요.

당신이
나를 알고 싶다면
사랑이라고 답하겠어요.

당신이
나를 부르고 싶다면
사랑이라고 불러주세요.

내가
당신을 기억한다면
그것은 사랑입니다.

내가
당신을 잊고 싶다면
그 또한 사랑입니다.

참꽃 귀신

진달래 피어 흐드러진
사월이 오면
동산은 온통 분홍으로 물들었죠.

마을 여자 아이들이
집으로 찾아와
뒷산으로 참꽃 꺾으러 가자고
소리치며 불렀어요.

진달래가 작은 숲을 이룬
꽃동산에 올라
여자 아이들은 참꽃을 따 먹다 말고
울먹이며 달아났어요.

참꽃이 많이 핀 산에는
참꽃 귀신이 산다고 했죠.
참꽃 밭이 참꽃 귀신 사는 집이라고 했어요.

참꽃 밭은 정말 무서웠어요.
진달래 피는 사월은 무서웠어요.

4부

너에게 묻노니

내 인생의 봄에는
꽃이 피다가
새가 울다가

내 인생의 한낮에는
해가 떴다가
구름이 덮이다가

너에게 묻노니

왕국아!
그런 사람은 없지만,
네가 만약 이 세상일을 모두 알 수 있다면
무슨 일을 할 수 있을 것 같으냐?

왕국아!
그런 일은 없지만,
네가 만약 이 세상일을 다 안다면
무슨 일을 하고 싶니?

왕국아!
그럴 수는 없지만,
네가 만일 이 세상일을 다 할 수 있다면
어떤 일을 가장 먼저 하겠느냐?

왕국아!
그렇게 하기는 어렵지만,
네가 만일 어떤 사람이라도 될 수 있다면
무슨 업보를 쌓을 것 같으냐?

어떤 사랑을 할 수 있겠니?
그렇게 정말 할 수 있겠니?

어디로 갔을까

그대 떠나는 시간이
언제인지 몰라 운다오.
나는 처음 만난 날이
또 그대가 떠나는 시간인 줄 알았지만,
정작 그대는
아무런 예고도 기약도 없이 떠났다오.

그대가 떠나는 곳이
어디인지 몰라 헤맨다오.
그대는 처음
조용히 내 앞에 나타났지만,
지금 그대는
동쪽 길로 가는지
서쪽 방향으로 가는지
누구도 모른다오.

그대가
언제 올지 몰라 기도 한다오.
한 번 떠난
그대가 다시 오지는 않을지 알고 있지만,
그대 없는 내 가슴은
새벽하늘처럼 비어있고
불꽃이 사그라지듯 아프다오.

귀갓길에

운동장 트랙을 한 바퀴 돌면
처음 출발점으로 되돌아온다.

세상을 돌고 돌다 보면
내가 살던 곳
나 살던 집으로 귀환하게 된다.

언제 어느 곳에서라도
휘휘 돌아가다 보면
제 자리, 원 위치로 돌아오리라.

앞길이 험난하고 외로울지라도
기꺼이 걸어가라.

그대가 원하는 목적지
그대가 꿈꾸는 세계에는 이르지 못할지라도
그곳, 그대를 정겹게 맞아 줄
아늑한 집이 있다.

각서 한 장

나는 사실대로 쓴다.
　　진실을 말한다.

나는 진지하게 읊는다.
　　진솔하게 노래한다.

나는 사실대로 진술한다.
　　진실을 고백한다.

그렇지만,
한 가지 부탁은 있다.

내 고백을 믿어달라는 뜻이다.
　진심을 믿어달라는 말이다.

내 뜻을 믿으면 말하리라.
내 말을 믿으면 쓰리라.

회광반조(廻光返照)

내 나이 벌써
회광반조하는 때인가
그 날이 언제일지.

하루 중에
해 뜨는 아침이 오기 직전이
가장 어두운 시간이라 했는데.

하루 중에
해 지는 일몰 전
찬란하게 비치는 휘광이
참으로 밝은 빛이라네.

내 나이 젊어
온 몸에 피 끓어 넘칠 때는
머리 위를 비추는
태양 빛이 따가웠는데.

벌써 몸이 식어
늙어가는 나이에 이르는지
정말 발바닥이 따가워지네.

내 인생의 계절

내 인생의 계절에는
비가 내리다
눈이 오다가

내 인생의 봄에는
꽃이 피다가
새가 울다가

내 인생의 한낮에는
해가 떴다가
구름이 덮이다가

내 인생의 밤에는
가로등이 켜지다가 꺼졌다가

하늘에는
달이 비치다
은하수가 비치다가

이날 이때 이 시간
이 나이가 되었다오.

눈 내리는 날

아침부터 저녁까지
이른 밤부터 새벽까지
하염없이 그렇게 내리는 눈은

시작도 끝도 없이
언제 그칠 줄도 모르고
그저 펄펄 휘날리는 눈.

그렇게 알 수 없는
우리네 영원한 인생 이야기.
눈이 눈과 함께 나누는
무슨 알고 싶은 이야기들.

천일야화(千日夜話) 보다도
길기만한 이야기들.

그대에게
전할 소식이 있어도
아무런 소식이 없어도
저렇게 점점이 퍼져 내리는 눈.

한반도

작다고 말하지 마라.
온 나라 안에 핏줄처럼 엉긴 이 길을
일평생이 백년인들
어찌 다 돌아볼 수 있느냐.

좁다고도 말하지 마라.
내 한 몸
세상에 두 번 태어나는 발걸음이라 해도
어찌 이 땅을 다 밟아볼 수 있으랴.

유령 시인

유령 시인이 뭐래?
얼굴 없는 시인 이래!

으응, 그 이름 없는 시인?
아니, 그 사람은 무명 시인이고.

아, 그렇구나!
시인은 시인인데
세상에 사는지 죽었는지?
낯모르는 시인?

그래, 있잖아?
노래 소리는 들리는 데
팬들에게 나타나지 않는 가수
이를테면 유령 가수인 셈이지.

너도 알고 있니?
밤하늘의 별처럼
아주 유명한 시인이 있는데
지금까지 그를 만나 본 사람이
아무도 없데.

그런 시인님이 누구래?

내가 아는 시인 중에는
이런 사람이 있어요.
장안에 이름은 파다하니 떠도는데
그의 노래 시는 하나도 없는 거야!

명답

어느 날, 김 박사의 서재에 도둑이 들어
안경과 만년필 하고
책갈피에 꽂아두었던 비상금을 몽땅 털어갔다.

그 즈음에 김 박사가 출강하는 강의실에서
그날따라 컴퓨터며 서류를 보다가
무척 더듬거리며 말꼬리를 끌었다.

강의실의 단골 수강생이 그 광경을 보고
"박사님! 오늘은 왜 안경을 쓰지 않고 오셨나요?
글씨가 잘 안보이시나 본데요?"

김 박사가 심히 곤란하다는 듯이 이마를 쓸어 올리며
"학생! 그런 것이 아니라네.
내가 어제 밤에 서재에서 안경을 도둑에게 빼앗겼다네."

그러자 학생이 답답하다는 표정으로 언성을 높였다.
"교수님! 그래 그런 자식을 가만히 두었어요?
장님더러 안경을 쓰라는 것과 같잖아요?"

"학생! 너무 화내지 말게.
어려울 때 누구한테 기부한 셈 치지. 뭘 그러나."

"하긴 그렇군요.
그런 애가 교수님 돋보기를 쓰면 뭘 하겠어요."

"아냐, 내 안경은 가져간 도둑의 것이 아니고
필요한 누군가가 사용하는 물건으로 하자고. 사랑의 기부."

첫 겨울

엊그저께 소설 지나
오늘 아침 싸라기눈을 흩뿌리더니
이내 빗방울로 바뀌다.

입이 궁금한 맛에
고구마를 몇 개 삶아 먹고,
저녁에도 홀로 맞는 밥상머리
김을 몇 장
참기름을 발라 굽는다.

스마트폰 메시지 창엔
익 년 일월 동창회 모임을
제주도에서 갖기로 했으니,
왕복 비행기 표 예매하고
개인 경비 이십만 원씩 입금 요함이라.

저녁 아홉시 뉴스 라인
연일 귀청을 울리는
남북 평화 회담 소식.
넘기면서 접는 책장 페이지
스티븐 호킹의 시간의 역사.
그렇게 겨울밤이 깊어 간다.

눈으로 똥을 묻다

귀국이 똥을 눈으로 묻었지.
귀영이 오줌 자리를 눈으로 덮었지.

금방 눈이 녹아
노란 똥 꽃이 피었지.
오줌으로 그린 지도는
하얀 바다가 출렁거리지.

눈이 계속 내렸지.
하루 종일 내렸지.

귀국이 똥도
눈 속에 숨었지.
귀영이 오줌 자리도
눈 속에 사라졌지.

진눈깨비

어느 날인가
비가 오는 데
빗물이 고이지를 않았다.
아침나절부터 저녁까지
꽤 긴 시간을 비가 내리는데
마을 앞 강물이 불지를 않는다.

안개를 피우며
이슬비가 오다가
추적추적 내리는 비.

오늘은 눈이 오는 데
내리는 눈이 쌓이지를 않는다.
하루 종일 와도
눈은 녹아내려
그저 마른 앞뜰을 적실 뿐,
설원의 계절임에도
질척이며 얼며
쌓이지를 않는다.

어느 호랑이에게

아기 호돌이 적부터 올해로 이순
너는 단 하나의 생명을 가지고 태어났고
하나의 생명을 책임지고 산다.

호랑이의 세계는
짐승 가족의 생명을 몇이나 책임질 수 있느냐에 의하여
그의 직분과 연봉이 주어진다.

호랑이는 누구나
그가 책임질 수 있는 생명의 숫자에 의하여
왕관을 쓸 수도 있고
민머리를 하고 살 수도 있다.

한 때 세계는 누가
동물 몇의 생명을 죽일 수 있느냐에 따라
그의 모표와 훈장의 빛깔이 달라지는 시대가 있었다.
네가 누구를 물어뜯고
누가 누구를 놓아줄 수 있느냐에 따라
모두의 운명과 갈 길이 좌우되는 시간이 있었다.

지금도 단 하나의 생명뿐인 너!
너는 너의 세계이고 왕일뿐이다.

나무 바위 동물들에게

여기, 큰 나무여!
만일 네가 입을 열 수 있다면
나에게 무슨 말을 하고 싶으냐?

여기, 언덕을 지키는 우람한 바위여!
그대가 말을 할 수 있다면
사람들에게 무슨 이야기를 하고 싶은가?

소, 말, 짐승들아!
그대들은 왜 입을 열고 울면서
아무도 알아듣지 못하는 소리만 내는 것이야?

바람처럼, 눈보라처럼, 스쳐지나가는 세월에
외치고 울부짖으며 말을 해보았지만,
내 귀는 어두워 알아듣지를 못하는 것이냐?
사람들은 또 어찌하여 묵묵부답인 것이냐?

너는 정말 무슨 말을 듣고 싶은 것이냐?
무슨 이야기를 듣고 싶은 것이냐?

5부

만남을 위하여

사노라면,
큰 산도 넘어야 하고
강도 건너야 한다.
정말 그렇다!

오늘이여

그날은 오는가.
이토록 휘날리며 물결치며
광장을 넘치고
거리를 흐르고 흘러
사라진 아우성들…

그날은 있는가.
또 타오르며 파도치며
광장마다 휩쓸리고
거리를 밀리고 밀려
피어난 눈빛들은…

음극과 양극이 마주치어
번갯불 속에 벼락이 태어나 듯
촛불의 물결 위에 태극기 휘날리며
기어코 이루어 낸 거룩한 성사
누구의 피인들 어느 눈물인들 뜨겁지 않으랴.

그날은 오늘이런가.
서로 손 잡고 어깨 걸고
다 함께 걸어가야 할
아, 그 길이 여기인가.
푸르른 그 날이 저 하늘이련가.

삶이란

사노라면,
쾌청한 날도 있고
흐린 날도 있다.
정말 그렇다!

사노라면,
큰 산도 넘어야 하고
강도 건너야 한다.
정말 그렇다!

사노라면,
비도 맞아야 하고
눈송이도 맞아야 한다.
정말 그렇다!

사노라면,
웃을 날도 있고
울기도 해야 한다.
정말 그렇다!

살다가 보며,
아픈 날도 있고
유쾌한 날도 있다.
정말 그렇다!

입원

울면서 왔다가
웃으면서 나가는 병원 문

진료실을 들어설 때에는
하얀 가운에 가려진
희망이 보이지 않는다.

혈압을 재고 혈당을 재고
혈액 검사를 받고 난 후에야
건강이라는 이름의 내일이 보인다.

눈을 감고
뛰는 심장의 박동을 느끼며
귓볼에 감도는 체온을 잰다.

내 나이 겨우
인생 정년 기에 이르는데
벌써 건강 타령 이라니,
피 끓는 지난 세월도 야속해진다.

바야흐로,

지금은 백세 시대 아닌가?

백색 궁전 병원

웃으면서 왔다가

울면서 돌아지는 말아야지.

양파 단지

초여름에는 양파 수확
가을에는 양파 묘 심기
일 년에 두 차례 양파 단지를 가다.

나 어린 시절
그 옛날 이맘때는 주린 배로
보릿고개를 넘는 절기
보리죽 한 그릇이 꿀보다 달던 시기.

넓은 들판 높은 이랑마다
하얀 양파 알 넘쳐 뒹굴고
망 자루마다 담아내는 여름걷이
아낙네들 줄을 잇는다.

황금보리 일렁이는 논밭
양파 들녘으로 변화한지도
옛 이야기 되었네.

전화

내 방 전화기 벨은
언제 울리려나?

이틀 전
빈 전화가 한 번 울리고 난 후

묵묵부답이다.
하루 종일 전화기 옆에 앉아 있어도

밤이 와도, 전화기는
주인님을 잠자리에 모시지 않는다.

꽃이 피고 장맛비가 내리고
단풍이 지고 눈이 날려도
내 방 전화기는 표정이 없다.

전화기는 웃을 수가 없으니,
울지도 않는 것인가?

평창동계올림픽

세계 스포츠 인의 축제
평창 겨울 올림픽 게임!

서울 하계 올림픽 이후
삼십년 만에 열리는 코리아 올림픽 축제.

세계가 한데 모이고
한민족이 하나 되고

오륜 올림픽기 나란히
한반도 깃발 앞세우고 열린다.

대한민국은 세계 열 번째 가는 경제 대국
이제, 겨울 스포츠 코리아
문화 올림픽 만들자.

더 크게 더 넓게 더 높히
더 웃으며 더 힘차게 더 뜨겁게

저 달 항아리 가득 채워 타오르는
올림픽 성화의 열기와 빛과 아름다움을 살리자.

순백의 바다처럼 펼쳐진 평창의 눈밭이
파랑 노랑 검정 초록 빨강의 둥근 꽃밭 만들고,

세계의 젊은이
미끄럼 타고 뛰고 나르는 힘 모아
성화의 꽃 피운다.

우리는 하나다.
우리는 세계다.
코리아 평창동계올림픽 게임!

달밤

오늘 밤의 저 달은
그대 보라고 걸어 놓은 거울 속
내 얼굴이라오.

어느 결에 그대도 나 보라고
호수 속 같은 저 만월을
하늘 천장에 걸어 두었구려.

자정이 지난 이 시각에
그대는 지금
저 달을 어디에서 보고 계시는지?
저 달님을 또한
나도 보고, 그대도 번갈아 보고 있을 진데,
어찌 희롱하듯 무심히
금가루를 뿌린 듯 별무리만 가득 싣고
서녘 하늘로 서녘 하늘로
떠나가는가?

진달래꽃님이 2

꽃님이야! 언제 와서
그기에 서 있느냐?
혼자 좋아라고
나를 보고 있었느냐?

산 아지랑이 춤추는 나뭇가지 사이
분홍 드레스 입고 함께 나비 춤추며
울고 있느냐
웃고 있느냐?

언덕진 오솔길을 지나며
가끔씩 네 생각 나 옆을 돌아봐도
멀찌감치 눈총 쏘아 살펴봐도
보이지 않았지.
그래서 잠시 잊고 살았지.

꽃님이야! 언제부터
그렇게 돌아와 있었느냐?

숨은 듯이 살짝
나를 찾고 있었느냐?

하산 길에서

(1)
높은 산을 오를 때는
정상에 도달하여 보겠다는
꿈에 어렵고 힘 든 줄을 모른다.
다리가 아프고 온몸이 땀에 얼룩져도
마냥 위를 향해 걷는다는 일념에
지치는 줄 모르고 즐겁기만 하다.

나는 정상에 올라
마침내 외친다.
"보라, 저 넓은 세상을!"

(2)
그러나 산을 내려 올 때는
더 발걸음이 가볍고
긴장했던 마음은 홀가분해진다.

누군가가 기다려 주는
내 집으로
내가 사는 일터로
돌아간다는 일이야말로
꿈이고 행복이다.

(3)
어딘가를 향하여
멀고 험한 길을 올라 갈 때나,
내가 돌아가 쉴 집을 향하여
산을 내려 올 때
나의 길은 언제나 즐겁다.

그래서 인생은
아름답고 숭고한가 보다.

기쁜 소식

중형 견 암캐 벨리가 임신을 했죠.
지난 초겨울
벨리는 뜻하지 않은 장염으로 고생을 하여
아주 강아지를 못 낳게 되는 줄 알았죠.

벨리는 이년 전에도 발정 하여
동갑내기 비비와
사랑을 나누었으나
비비의 어린 관계인지
임신을 하는 데는 실패했었죠.
그때에는 영구 불임의 개로 단정했었죠.

그러던 벨리가 임신을 했죠.
올해 왠지 늦게 오는 봄
누가 전해주는 기쁜 소식인가
벨리에게는 청춘의 혈기가 넘치나 보다!
비비에게 감사해라.

황토방

사우나탕에 한증막이 있고,
동명 마을에 가면 펜션 황토방이 있다.
신경통을 꼭 집어 원인 규명하기 어렵다.
뼈마디가 바늘 찌르는 듯 하고,
미토콘드리아가 색유리 조각 부서지는 것처럼 아파올 때
어렸을 적 콧물 흘려가며 맡던 흙벽 냄새를
황토 온돌에 등 지지며 즐기는 맛이란
정말 이 세상에 어디 가도 찾을 수 없는 것이다.

어느 곳에 사는지, 누구인지도 모를
뜨내기 사장님이
기백 년 한 마을에서 동고동락 해오던
산골 주민들 틈에 끼어들어
펜션 황토방을 짓겠다고, 또 수년을 벼르더니
한여름 폭우에도 견디고 견뎌
마침내 주먹 같은 꿈을 실현 시키다.

조상 적부터 기거하던
삼간초가를 새로 지은 것이다.

눈의 축제

눈 내리는 날이
이렇게 아름다울 수가
아무도 오지 않는 데
눈 내리는 날은
이렇게 정겨울 수가!

그대가 더욱 그리운 날
축제를 하듯
천지 사방에 내리는
눈이 저렇게 반가울 수가
그대가 오지 않는 데
꽃송이 피어나 듯 허공을 수놓는
눈이 저토록 아름다울 수가!

얼음 강

언 강이 길게 빙하의
계곡을 이루어 흐르고 있어요.
깨어진 나룻배 한 척
삿대는 얼음 구멍에 박아놓고
노 젓던 뱃사공 도포 자락 펄럭이며
소복소복 눈 덮인 바위 아래 쉬어요.

어기여! 어기여차!
천년을 고여 있던 뱃노래
오늘에야 깨어나
억만 잎 비늘 번쩍거리며 얼음판 위에 날아 다녀요.

천둥오리 떼는 무리지어
깊이 얼음장 밑을 잠수하며
아무도 오고 가지 않는 강을 건너
빈숲으로 돌아가네요.

봄장마

한반도에서 무슨 봄장마냐고요?
이천 이십 경자 년 일월은
일주일 정도 흐리면서 비가 내리고
사나흘 쉬었다가
다시 한 이레 비가 내리곤 하죠.

소한이 지나고 대한 절기가 지나도
눈은 오지 않고 비만 내리니
가히 봄장마라고 해도 좋지 않겠어요?

골 깊은 산촌 마을
간이 상수도 물을 먹을 때는
남은 겨울이 얼어 붙을까봐
걱정도 많이 했죠.

이제 들녘 물을 쓰는 광역 상수도가
물줄기를 펑펑 쏟아내니
생각만 해도 목이 확 트입니다.

세상 참 빠르게 변하는 시대
서울 물도 마셔 봤지만
광역 상수도가 좋은가 보죠.
동장군님은 우주여행 떠났나 봐요.

가야 제철 유적지

장수 남덕유산 자락 대적골에
가야 문화 제철 유적지가 있다.
깊은 역사 일천 오백년의 기나 긴 세월.

어린 시절 등산하며 옛터에 올라
검은 돌멩이를 주워 공기놀이 하며
화산이 뿜어 낸 용암 조각인 줄 알았는데,
가야 왕국이 남긴 용광로 유물.

남부 중앙 가야국을 일찍이 합병하여
신라의 땅을 일구었으니,
그 속에는 백제 문화도 있고
신라 문화의 고고한 숨결이 스미어 있는 곳.

장군님도 나고 시인도 사는 이 고장 사람들의
선조 백제인과 신라인이 어울려 내는
쇠망치 소리, 잔잔한 아우성도 들려온다네.

만남을 위하여

오랜 기다림이 있기에
삶이 있다.

오늘 진한 그리움이 있기에
당신이 있다.

무엇이 기다림이며
누가 그리움인지는
묻지 마오.

여기 당신을 위한
사랑을 바칩니다.
내일의 만남은 이루어지리.

여명의 종소리

김용주 지음

발 행 처 · 도서출판 **청어**
발 행 인 · 이영철
영　　업 · 이동호
홍　　보 · 천성래
기　　획 · 남기환
편　　집 · 방세화
디 자 인 · 이수빈 | 김영은
제작이사 · 공병한
인　　쇄 · 두리터

등　　록 · 1999년 5월 3일
(제1999-000063호)

1판 1쇄 발행 · 2020년 9월 30일

주소 · 서울특별시 서초구 남부순환로 364길 8-15 동일빌딩 2층
대표전화 · 02-586-0477
팩시밀리 · 0303-0942-0478

홈페이지 · www.chungeobook.com
E-mail · ppi20@hanmail.net
ISBN · 979-11-5860-887-3(03810)

이 도서의 국립중앙도서관 출판시도서목록(CIP)은 서지정보유통지원시스템 홈페이지(http://seoji.nl.go.kr)와 국가자료공동목록시스템(http://www.nl.go.kr/kolisnet)에서 이용하실 수 있습니다.(CIP제어번호: CIP2020037571)

본 도서는 전라북도 문화관광 재단 예술인 재난극복 지원 사업으로 발행하였습니다.